A

MONSIEUR LE MARQUIS

De La Rochefoucauld-Liancourt

PRÉSIDENT D'HONNEUR

DE

L'UNION DES POÈTES

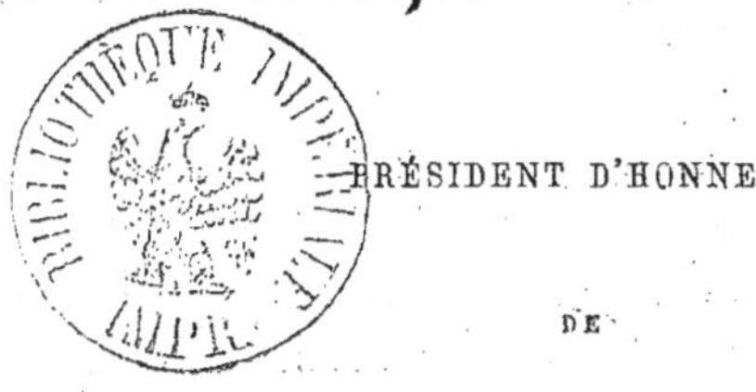

PARIS

— **Décembre 1860** —

L'UNION DES POÈTES voulant donner à M. le Marquis de LA ROCHE-FOUCAULD-LIANCOURT un témoignage de sa gratitude, il a été résolu par le Comité qu'il serait fait, à l'un des Numéros de notre *Bulletin,* un *Supplément* composé des pièces de vers dans lesquelles plusieurs Membres de la Société ont manifesté à notre illustre Président d'honneur leurs sympathies pour ses beaux talents et sa gracieuse bienveillance.

Nous avons attendu quelque temps, afin de recueillir le plus grand nombre possible de ces Poésies. — Toutes, certainement, ne nous sont pas encore parvenues.

Néanmoins nous imprimons, ne pouvant pas ajourner davantage l'exécution de notre projet.

Aujourd'hui que, par suite d'une munificence si éclairée, chacun de nos Sociétaires est appelé à prendre part à un Concours éclatant, nous voyons une espèce d'opportunité à rendre publiques ces pièces, d'abord tout intimes, — et dont nous prions M. le Marquis de vouloir bien agréer la publication.

Le Bureau :

ROBERT-VICTOR,
Président Fondateur.

ACHILLE LESTRELIN,
Vice-Président.

LOUIS TREMBLAY,
Bibliothécaire.

MARÉCHAUX DES RICEYS,
Secrétaire.

MESSIRE–JEAN,
Archiviste.

F. FERTIAULT,
Trésorier et Directeur du Bulletin.

Paris, décembre 1860.

DE LA ROCHEFOUCAULD–LIANCOURT

PRÉSIDENT D'HONNEUR

DE L'UNION DES POÈTES

Interprète inspiré d'Homère et de Virgile,
Tu fais revivre encor leur génie en tes vers.
Ici, j'entends gronder la colère d'Achille :
Là, je vois des bergers l'amour, les jeux divers.

Ou bien Tacite et Perse, en te prêtant leur style,
Soit sous le masque noir d'une satire habile,
Soit dans les cris d'un drame exécrant le pervers,
Des crimes de Néron font frémir l'univers.

Mais, fidèle aux devoirs d'une origine illustre,
Grand par toi-même aussi, tu rends à tes aïeux
Des bienfaits pour leur nom, des vertus pour leur lustre.

Tu vas donc conquérir pour la terre et les cieux
Par tes doctes écrits une immortelle gloire,
Et par tes actions l'éternelle victoire.

ROBERT-VICTOR.

Paris, mai 1860.

LE SOURIRE DE LA MUSE

A MONSIEUR LE MARQUIS

DE LA ROCHEFOUCAULD-LIANCOURT

PRÉSIDENT D'HONNEUR

DE L'UNION DES POÈTES

Avez-vous vu parfois, loin de la fange immonde
De ces villes de bruit qu'on appelle le monde,
Cette vierge à l'œil fier, cheminant à l'écart,
Dont la voix est si douce et qui, dans sa retraite,
Une lyre à la main, consolant le Poète,
Triste, éclaire son front du feu de son regard ?

Sur sa tête Dieu mit lui-même une auréole ;
La foule la méprise, et pourtant sa parole
Enchante de grands cœurs flétris dans l'abandon.
D'Homère elle a porté, dans l'exil, la besace ;
En pleurant sur ses fers, elle inspira le Tasse ;
    Seule, elle consola Milton !

Oh ! vous la connaissez cette vierge ! votre âme
Souvent s'ouvre, attendrie, à ses rêves de flamme ;
De sa voix vous aimez la sublime douceur ;
Et, le front radieux, fière de vous élire,
Poète, bien des fois en vous offrant sa lyre,
Joyeuse, elle vous dit : « Ne suis-je pas ta Sœur ? »

Et vous encouragez ceux qu'elle aime ! — Fidèle
A son amour, du barde abrité sous son aile,
O poète chrétien, recevez donc les vœux !
Songez, quand votre accueil nous flatte et nous attire,
Que la Muse pour vous garde, avec son sourire,
    Ses chants les plus mélodieux !

LÉONARD LABORDE.

Paris, juillet 1860.

LE CÈDRE

A MONSIEUR LE MARQUIS

DE LA ROCHEFOUCAULD - LIANCOURT

PRÉSIDENT D'HONNEUR

DE L'UNION DES POÈTES

I

Un cèdre, au port majestueux,
Livrait à de chaudes haleines
Son front, qui, dominant la plaine,
S'étalait, libre, sous les cieux.

Aux grands concerts que la nature
Chante au Maître de l'univers,
Sentant frémir ses rameaux verts,
Il mêlait sa voix forte et pure.

Sur des groupes d'oiseaux chanteurs,
Sur la fleurette frêle et douce
Craignant du vent l'âpre secousse,
S'étendaient ses bras protecteurs.

Autour de lui, tendre harmonie,
Bruissaient des hymnes d'amour,
Et Dieu, de l'éternel séjour,
Lui versait la lueur bénie.

II

A la noblesse du blason
Joignant la noblesse de l'âme,
Vous vous réchauffez à la flamme
Qui, seule, illustre une maison.

Toute-puissante et généreuse,
Votre main protége l'essor
De notre Muse aux ailes d'or,
Qui resplendira glorieuse.

Jusques aux siècles à venir
Elle portera vos louanges, —
Que des poètes les phalanges
Répéteront pour vous bénir !

Mᵐᵉ JULIE FERTIAULT.

Paris, novembre 1860.

A MONSIEUR LE MARQUIS

DE LA ROCHEFOUCAULD-LIANCOURT

PRÉSIDENT D'HONNEUR DE L'UNION DES POÈTES

A PROPOS DE SES

OEUVRES CHOISIES

LE CHÊNE

Le jour s'épanouit dans un azur splendide :
Au bois, pas un frisson ; en mer, pas une ride.
La nature pantelle aux regards du soleil ;
La séve du printemps enfle son sein vermeil,
Et l'amour et l'espoir, qui sous l'hiver sommeillent,
Pour s'épandre à l'entour de tous côtés s'éveillent.
La verdure s'enlace aux agrestes frontons ;
Le sourire des fleurs entr'ouvre les boutons.
Ce chêne, siècle entier, dont l'ombrage m'accueille,
Avec des nids mignons pépiant sous sa feuille,
Jeune de ses cent ans, des ouragans bravés,
Dans ses robustes bras par le temps éprouvés
Sent bouillir et monter, à l'air qui le caresse,
L'effluve généreux de sa forte vieillesse.
Aux débris du passé, qu'il filtre incessamment,
Sa racine s'enfonce et puise un aliment.
Il monte à l'avenir, reprenant à la terre
L'essence de sa séve aux chênes en poussière.
Il aspire et se plonge au dépôt bienfaisant ;
Des temps qui ne sont plus il nourrit le présent.
Pour les plantes, amours vénéneux des reptiles,
Il laisse dans l'humus pourrir les choses viles ;
Mais il fait, par un choix de sucs plus précieux,
Passer dans sa vigueur la vigueur des aïeux ?
Géant de mes bosquets, nourrisson des vieux âges,
Sers d'exemple à ces fous qui s'intitulent sages !

Malheur au siècle impie, à l'étroit horizon,
Qui, s'exaltant lui-même, y cloître sa raison !
Malheur à qui n'a pas au passé ses racines !
La Providence inscrit ses décrets aux ruines.
Quand Dieu veut perdre un peuple il le pousse à l'écueil,
Il le fait imbécile et lui donne l'orgueil.
Rien n'est grand qui ne plonge aux grandeurs écroulées.
Dans l'antique creuset les choses sont moulées,
Car c'est dans tous les temps, le même cœur humain
Qui battait hier, qui bat et qui battra demain.
Le mal, comme autrefois, est le mal, et sa forme
En se dissimulant n'en est pas moins difforme ;
Il triomphe et trébuche en son propre mépris.
Le bien, tel qu'il parut à de nobles esprits,
Paraît aux esprits droits que son amour anime :
Le laid est toujours laid, le sublime est sublime.
Qu'importe qu'un vulgaire, à l'erreur trop sujet,
S'y méprenne souvent ! L'œil ne fait pas l'objet.
Le vulgaire est toujours la passion présente,
D'elle-même offusquée, âpre, trouble, ignorante.
Il fut, il est le même. Hors du pain d'aujourd'hui,
Le vulgaire ne voit que par les yeux d'autrui.
D'où vient-il ? Il ne sait. Où va-t-il ? Il l'ignore.
Est-il au crépuscule ? Il le salue aurore.
Son regard aperçoit jusqu'où s'étend sa main.
Il gaspille son herbe et broute son regain.
Causes, effets constants dont le temps s'ensemence
Et qu'y marque pour nous, du doigt, la Providence,
Pour tracer du passé la route à l'avenir,
Lui semblent aux oisifs seulement convenir.
Sans guide que l'instinct, il marche en ses folies
Et, fier de dédaigner les vérités vieillies,
Au spectacle exhumé de plus vieilles erreurs
Il court, s'ouvrant la route à de nouveaux malheurs.
Que des siècles n'a-t-il consulté les oracles !
Il saurait qu'il n'est rien de neuf dans ces spectacles,
Et que depuis longtemps les sots ont exploité
Tout ce qui saurait être en imbécillité.

L'étude, en remontant le cours lointain des âges,
Nous transporte au milieu des héros et des sages :
Nous vivons avec eux ; leurs féconds entretiens
Nous montrent ce que c'est que beautés, que vrais biens ;
Leur âme en conversant, qui pénètre la nôtre,
Nous tire du bourbier où la foule se vautre.
L'antre du cycle humain nous entr'ouvre ses flancs.
Vertus de citoyens et crimes de tyrans,
Splendides libertés et grossière licence,
Peuples à leur zénith, peuples en décadence,
Sur le flux et reflux du destin observé,
Disent à quels courants le monde a dérivé,
Point dans cet horizon, créature mortelle,
L'homme respire ainsi la vie universelle,
Et, scrutant le passé d'où l'on veut le bannir,
S'explique le présent et déduit l'avenir.
Embrassant tous les jours, n'en ayant qu'un à vivre,
Il vit des jours vécus et du temps qui doit suivre ;
Il porte en son cerveau la vaste humanité :
Vaste comme elle, il meurt plein d'immortalité.

Laissons la foule au sein des vanités boueuses ;
Soyons contemporains des âmes généreuses.
Quand la fange des sots éclabousse à nos pieds,
Créons-nous dans les temps de hautes amitiés.
Entraînés vers le beau, tout chétifs que nous sommes,
Demandons leur secret à l'esprit des grands hommes.
Fouillons de nos pensers dans leurs trésors épars ;
Prenons leur héritage et faisons-en deux parts :
Soyons eux, soyons nous. Abreuvons-nous de séve :
Que le rameau bourgeonne et que le tronc s'élève !
La source primitive a la limpidité :
Buvons-y la vigueur jusqu'à satiété.
Qu'aille la populace applaudir aux arènes.
Fortifions nos cœurs, aspirons, soyons chênes !

GUSTAVE LOUIS.

Étocquigny, juin 1860.

ASPIRATION

ADRESSÉE A MONSIEUR LE MARQUIS

DE LA ROCHEFOUCAULD - LIANCOURT

PRÉSIDENT D'HONNEUR DE L'UNION DES POÈTES,

APRÈS RÉCEPTION DE SES

ŒUVRES POÉTIQUES

Je ne suis qu'un rêveur tourmenté par l'idée,
Qui voudrais bien savoir le mot de l'Univers.
De désirs généreux mon âme est possédée,
Et je vais méditant sous les grands arbres verts.

Franchissant des sapins la zône épaisse et sombre,
Je gravis les hauts monts torturés par les vents.
Ou montant, le matin, sur les dunes sans ombre,
Je regarde onduler la mer aux flots mouvants.

S'il est de mauvais jours où des cités humaines
Et des fanges d'en bas vous pèsent les vapeurs,
Venez vous rafraîchir à de libres haleinès ;
Rien n'est rassérénant comme l'air des hauteurs.

Mystique écho des cieux, de douces voix s'entendent
Qui vous parlent sans cesse un langage béni ;
De l'espace éthéré des aromes descendent,
On se sent imprégné d'un parfum d'infini.

14*

C'est un bonheur intime et dont la source est pure!
C'est un banquet sacré, sous l'azur tout en feu,
Sainte communion faite avec la Nature,
Et la Nature, alors, nous manifeste Dieu !

Oh ! bien souvent, ainsi, la paix m'est revenue,
Et j'ai pu ranimer mon courage abattu ;
On est fort et puissant sur la montagne nue,
Et, comme Antée, on a plus de mâle vertu.

L'amour universel dont le penseur s'inspire
Doit être pour son œuvre un talisman vainqueur ;
Et c'est lui seul qui peut, dans son hardi délire,
Accorder la raison à la note du cœur.

Mais lorsqu'il a goûté la Nature si belle
Et qu'il a comme un aigle élevé son essor
Vers ce Dieu qui parfois se montre derrière elle,
Il se dit, haletant : Ce n'est pas tout encor!

Pour peu que l'on retourne au limon de la terre,
Dans la chose aperçue on ne voit plus qu'un mot ;
Ce qu'on avait compris redevient un mystère ;
Le Dieu manifesté se dérobe bientôt.

L'on pense que sur lui trop d'ombre se projette,
Et qu'il devrait, splendide, apparaître debout,
Et qu'à tort, certains jours, la Nature est muette,
Et puis, que la Nature et Dieu, ce n'est pas tout !

Il reste aussi devant la pensée indécise,
L'âme, abîme sans fond qui ne fait qu'éblouir,
L'homme, sphinx dont l'énigme est toujours incomprise,
Et de ses éléments l'accord à découvrir !

Songeur audacieux, je vais trop loin peut-être ;
Avide de résoudre un problème divin,
Je voudrais pénétrer les arcanes de l'être,
Remonter à la cause et déduire la fin !

C'est que je ne crois point ces rhéteurs froids et mornes
Par lesquels du chercheur le champ est circonscrit ;
Je ne puis supposer que l'idée ait des bornes,
Ou qu'il faille donner des chaînes à l'esprit.

Je ne crois pas non plus que la Nature immense
Quand d'opulents rayons l'Univers resplendit,
N'étale sa grandeur et sa magnificence
Que pour nous faire voir combien l'homme est petit !

L'homme n'est pas que cendre et néant et poussière
Puisque son âme atteint l'infini sans milieu,
Puisqu'à l'envi son œil perçoit plus de lumière
A mesure qu'il monte et s'approche de Dieu !

Je vois que si des Cieux l'on n'eût tenté les signes,
Nous aurions végété sans aboutir à rien,
Et je ne maudis pas l'orgueil qui nous fit dignes,
L'orgueil, source du mal, mais source de tout bien !

En sondant du regard cette terre où nous sommes,
Je me demande à quoi chacun est destiné ;
Je songe longuement à mes frères les hommes,
Et je rêve pour eux un monde fortuné.

Les désirs de connaître auraient-ils pris naissance
En nous, si ces désirs devaient demeurer vains !
Au prix de la douleur acquérant la science,
Resterait-elle une arme inutile en nos mains ?

O Dieu ! si tu créas la lumière éternelle,
Dès le commencement, si pour toi tu nous fis,
Si l'esprit est divin, si l'âme est immortelle,
Si ton Verbe est sacré, si nous sommes tes fils,

Aurions-nous pour seul lot la souffrance et le vice !
Les êtres sans raison seraient les mieux traités,
Nous seuls n'aurions pas droit à ta sainte justice,
Et tu nous riverais à nos iniquités !

Tu permettrais, mon Dieu, que les rois de la terre
S'agitassent sans fin sur un lit de malheur,
En proie à tous les maux, la misère et la guerre,
Et sans pouvoir jamais atteindre un sort meilleur !

Ils auraient tort, ceux-là dont la voix consolante
Nous dit qu'enfin lassés d'avoir tant combattu,
Les hommes formeront une famille aimante,
Frères pacifiés, couronnés de vertu !

Il faudrait mettre au rang des erreurs de la vie
Ce mutuel amour, ô Christ ! que tu rêvais ;
Notre soif de bonheur serait inassouvie,
Ils devraient triompher, les principes mauvais !

Le Père vainement nous eût promis son aide,
Nous traînerions toujours le boulet du péché,
Courbant nos fronts flétris, sous le Mal sans remède,
Comme un bœuf de labour à son joug attaché !

Oh, non ! je craindrais trop de blasphémer le Père
En disant qu'il nous prit dans un cercle fatal.
Il ne saurait tromper quand il a dit : Espère !
La victoire appartient au Bien, à l'Idéal.

Si l'ombre jusqu'ici nous a caché la route,
De sorte que nos pas au hasard sont allés,
C'est qu'il fallait ce temps pour nous former, sans doute,
Et que trop de clarté nous aurait aveuglés.

Si Dieu l'avait offert à notre frêle enfance,
Dans son code immortel nul de nous n'aurait lu ;
S'il l'avait essayé sur nos reins sans défense,
Nous n'aurions pu porter le poids de l'absolu.

Nos âmes pour le bien n'auraient pas été mûres
Au sortir du foyer de l'Être universel ;
A travers la douleur avançons sans murmures,
Si nous entrevoyons le dessein paternel.

Le bonheur qu'on attend, il faut qu'on le mérite ;
Sachons oindre nos bras pour les combats sacrés ;
La pleine vérité se voile sous le rite,
Mais chaque âge en ravit des lambeaux déchirés.

L'Olympe grec est veuf de ses blondes déesses,
Les Francs aux cheveux roux ont tué leur dieu Thor,
Les dolmens des Gaulois ont perdu leurs prêtresses,
Le gui ne tombe plus sous leurs faucilles d'or.

Chaque religion qui naît de sa sœur morte
Nous rapproche du vrai par un degré nouveau,
Jusqu'à l'heure marquée où l'humanité forte
Pourra sans s'éblouir en porter le flambeau.

Ainsi je vais songeant sur les monts au front chauve,
Ou sous le dôme vert des bois et des forêts ;
Je sens couler en moi la Foi sainte qui sauve,
Quoiqu'encor la nature ait pour nous des secrets.

Le Mal qui nous poursuit me laisse calme et ferme,
Car je me dis qu'enfin le Bien aura son jour,
Que l'essence de Dieu c'est la bonté sans terme,
Et son but triomphal le règne de l'Amour !

TOGNO FILS.

Saint-Martin de Ré, juin 1860.

A MONSIEUR LE MARQUIS

DE LA ROCHEFOUCAULD-LIANCOURT

PRÉSIDENT D'HONNEUR DE L'UNION DES POÈTES

APRÈS LA LECTURE D'ACHILLE A TROIE

Chacun de ces beaux vers a frappé ma pensée
D'une admiration sans cesse balancée
Entre l'art du poète ingénieux, profond,
Au rythme gracieux, élégant et fécond,
Et le génie ardent, dont l'âme poétique,
Fait revivre le beau que possédait l'antique.

Muses, dont la dépouille embaume l'Hélicon,
Dont le bandeau sacré n'entoure plus le front,
Muses, dont les accents charmèrent les Hellènes,
Vous dont les pas légers sillonnèrent leurs plaines,
Vous dont l'Attique en pleurs regrette l'heureux temps
Comme l'hiver glacé regrette le printemps,
Muses aux graves chants, ô filles de la lyre,
Chastes vierges du Pinde au sublime délire,
Un poète français empruntant votre voix,
Fait entendre des sons comme ceux d'autrefois !
Sa lyre, s'accordant à la lyre d'Homère,
Célèbre les héros que la Grèce vénère,
Et sa corde sonore, entremêlant le nom
Du pétulant Achille au nom d'Agamemnon,
Nous transporte au beau temps où la riante Attique
Prodiguait aux héros sa poésie antique !

Temps où les Grecs suivaient les pas de Ménélas
Sous l'égide vainqueur de la sage Pallas,
Et couraient aux remparts où se défendait Troie,
— De dix ans de travaux faible et mesquine proie —

Temps où loin des foyers, s'épuisant en travaux,
Ils allaient s'égorger pour deux hommes rivaux ;
O Temps ! tu fus heureux : tu possédas Homère !
Un poëte pour dire aux peuples de la terre :
« La Grèce eut son Achille et son Agamemnon ! »
Un poëte pour ceindre un laurier sur ton front !
Qui donc a célébré les champs de Salamine ?
Qui chanta les combats de Sparte l'héroïne ?
Quel vers triomphateur vante Epaminondas ?
Sans chanter on a pu voir de Léonidas
Le courage illustrer le roc de Thermopyles.
Pourtant, dans ces combats, que d'Hectors, que d'Achilles
Que de rudes guerriers, que de vaillants soldats,
Qu'à la postérité des vers ne diront pas !

Bienheureux sont les temps qui possèdent leurs bardes.
Poëtes de la cour ou des froides mansardes,
Qu'importe par qui soit un grand héros chanté,
Qu'importe par qui soit le poëme enfanté,
Pourvu qu'un siècle grand reste dans la mémoire,
Pourvu que des héros il nous dise l'histoire !
Indélébile, un vers brave l'effort du Temps,
Plus que toute grande œuvre il résiste longtemps !
Le sculpteur sous ses doigts a beau mouler l'argile,
Les marbres sont cassants plus qu'un vers de Virgile !

C'est ainsi que ces vers nous disant des exploits
Chantés sur d'autres tons par Homère autrefois,
Avec des noms fameux traverseront les âges ,
Et nos enfants diront en relisant ces pages :
« Un Français soutint donc en ses robustes mains
» Et la lyre des Grecs et celle des Romains !
» Il imita la voix et du chantre d'Achille
» Et du barde romain, l'harmonieux Virgile !
» Puisse un poëte ainsi célébrer nos héros
» Et dire à nos enfants tous nos succès nouveaux ! »

ÉMILE MOREAU.

Champagne. 20 mars 1800.

DE LA ROCHEFOUCAULD-LIANCOURT

PRÉSIDENT D'HONNEUR

DE L'UNION DES POËTES

Muse, réjouis-toi ! Paré ton front de fleurs ;
Enfante des accords qui font vibrer les cœurs ;
Remplis de tes parfums la coupe de l'ivresse ;
Car c'est fête, en ce jour, sur les bords du Permesse.

Frères, on vous convie à gagner les hauteurs
Dont vous avez chanté les sublimes splendeurs.
A nous ouvrir la voie un noble ami s'empresse,
Montrant un cœur plus grand encor que sa richesse.

O La Rochefoucauld, jamais tous mes efforts,
Pour vous peindre ma joie et ma reconnaissance,
Ne pourront égaler votre munificence !

La libéralité, du fond de vos trésors,
Surgit pleine de gloire ; et de la Poésie
Elle affermit le culte, en protégeant sa vie.

LÉON BAUX.

Mézières, juillet 1860.

LES DEUX LIANCOURT

(DITHYRAMBE.)

I

Oh ! quels que soient ton nom, ton pays, ta naissance,
Avec ou sans fortune, avec ou sans puissance,
De la charité sainte athlète courageux,
Ecoute ! si tes reins à la lutte faiblissent ;
Si l'haleine te manque et si les pieds te glissent
    Sur un sol aride ou fangeux ;

Si, quelque jour, à voir l'ovation du crime,
A voir tels noirs ou blancs, qu'un hideux maître opprime,
Tels meurtres que permet ou qu'ordonne la *Loi;*
Le désespoir te prend comme un accès de fièvre,
Si le *mot de Brutus* vient errer sur ta lèvre,
    Songe à *Liancourt*, et tais-toi !

Liancourt! Oh ! jamais Athènes, Sparte et Rome,
Certes n'ont vu surgir d'homme égal à cet homme,
De l'*amour du prochain* archétype incarné
Liancourt! à ce nom, tant que de *son image*,
Sur notre globe, *Dieu* recevra quelque hommage,
    Palpitera tout cœur bien né !

Liancourt! en ce mot vingt siècles se résument !
Tous ces *morts,* que du fond de leurs tombeaux exhume
Pour les glorifier, tel penseur, tel croyant,
Tous ces *amants du Bien* (tribun, roi, moine, prêtre),
Sans qu'aucun d'eux y perde atome de son être,
    S'y groupent, faisceau flamboyant !

Les ténèbres partout ont beau s'être épaissies,
Liancourt devait être, est un de ces *Messies*
Que, traits de flamme, *Dieu* projette à jour marqué !
Oh ! combien sur son front le sceau divin rayonne !
Vrai disciple, en effet, du *Christ !* à sa couronne
    Aucune épine n'a manqué !

Ont-ils, ont-ils assez varié sa souffrance,
A lui de la *vaccine* ayant doté la France
Et *réformé* cachots, bagnes et cabanons !
Quoi ! sur un cercueil même une dent de harpie !
Mais... la haine fait mal ! mais la haine est impie !
    A son exemple, pardonnons !...

II

Ainsi donc nul mortel ne peut retarder l'heure ?
Après trente-trois ans, le monde encor le pleure ;
Mais, larmes sans puissances et regrets superflus !
Non, *La Rochefoucauld*, non, *Liancourt* n'est plus !

Erreur ! ce qu'en broyant quelques grains de matière,
Nous enleva la Mort, nous l'avons reconquis !
L'âme du *père* est là, dans le *fils*, tout entière...
Aujourd'hui le *bon Duc* a nom le *bon Marquis !*

Changement précieux, *métempsychose* heureuse !
Ces problèmes si noirs, que sans fruit aucun creuse
Maint lourd docteur, ici les voilà résolus.
Depuis trente-trois ans, notre *bon Duc* encore
Travaille, prêche, écrit, et son front se décore
Des palmes que la *Muse* octroie à ses *élus !*

Il sème les beaux vers ensemble et les aumônes ;
Son éloquente voix va jusqu'au pied des trônes

Tonner ; de la *justice* il désarme la main,
Du pauvre fait ouïr la plainte si râlante,
Du *bourreau*, du *soldat* maudit l'œuvre sanglante,
Et *déclare la paix à tout le genre humain !*...

O mot plus que sublime, expression *bénie*,
Que n'aurait, à lui seul, pu créer le *Génie !*
C'est la *grâce de Dieu* qui vous les révéla,
O si glorieux *fils* d'un si glorieux *père !*
Seul, l'*homme pacifique* avec *Dieu* coopère ;
Le *conquérant chrétien*, le *héros*, le voilà !

III

O progrès à peine sensibles !
Que de recoins, obscurs encor,
Sont demeurés inaccessibles
A la lumière du Thabor !
Ta divine attente est trompée
O Christ ! au fourreau nulle épée ;
Tous rendent le mal pour le mal !
Ta loi, qui la suit ? qui l'a lue ?
Victime à Satan dévolue,
L'homme est à l'état animal !

Mais où de la *Foi* le mérite,
Si nos yeux de chair pouvaient voir
En larges traits de flamme inscrite
Chaque exigence du devoir ?
Que d'angoisses et que d'épreuves
Dont, ô Seigneur ! tu nous abreuves,
Pour qu'à vaincre il soit quelqu'honneur,
Pour qu'on puisse, imposant silence
Au scrupule, *par violence*
Conquérir l'éternel bonheur ! ! !

Le *mal*, sans durable importance,
N'est qu'un simple groupe de faits ;
Tous les progrès sont en substance
Dans ces deux mots : *Soyez parfaits !*
Du Saint-Esprit l'homme est le temple ;
Dieu vit en l'homme et s'y contemple,
Son royaume est en vous... scrutez !
Tâche au *cœur pur* facilitée !
Sans *cœur pur* ils n'ont de portée,
Tous les cris qu'au Ciel vous jetez ! !...

L'*Homme-Dieu* l'a dit ; *ses paroles*
Jamais, jamais ne passeront !
Nombrez plutôt les auréoles
Que son *Eglise* porte au front !
O sainte ! ô vénérable *Mère !*
Ce n'est sur un roc éphémère
Que te fonda le *Tout-Puissant !*
Tu *vaincras* surtout *par un signe !*
De tes gloires la plus insigne
C'est ton mot : *J'abhorre le sang ! ! !*

ATHANASE FOREST.

Tours, 22 avril 1860.

O vous, illustre fils d'un très-illustre père,
Permettez qu'une muse à vous-même étrangère,
Mais qui n'ignore pas les talents, les vertus
Dont vous et vos aïeux fûtes tous revêtus
Et qui, mieux que l'épée, ou la pourpre, ou la toge,
A la postérité transmettront votre éloge,
Permettez que ma muse, hélas ! bien frêle encor,
Pour vous offrir ses chants ose prendre l'essor.

Ah ! je sens qu'il faudrait une plus forte lyre
Pour chanter dignement le sujet qui m'inspire !
Il faudrait un mortel qui du sacré vallon
Connût tous les détours et fût presque Apollon.
Boileau dans une épître, ou Rousseau dans une ode,
Ou dans quelque Odyssée un rival d'Hésiode,
Pourraient seuls célébrer tant d'immortels hauts faits ;
Mais à votre bonté, pour ses rares bienfaits,
Nul n'est digne ici-bas de chanter des louanges :
Aux belles actions il faut la voix des anges !

Aussi, je demeurai longtemps silencieux,
Disant : « Ne touche pas à ce qui brille aux cieux,
Car, malgré tout le feu qui dans ton cœur s'allume,
Ta plume est trop novice ; il faut briser ta plume. »

Mais je me ressouvins qu'au fond des vastes bois,
Des oiseaux écoutant les ravissantes voix
Alors qu'un doux soleil animait la nature,
Je remarquai souvent, dans leur confus murmure,
Qu'afin de célébrer l'astre éclatant du jour,
Grands et moindres chanteurs, ensemble ou tour à tour,
Sans se préoccuper des tons de leur plumage
Et sans se dire avant : « Quel est notre ramage? »
Aux chants des rossignols unissaient tous leurs chants
Et qu'il en résultait des accords plus touchants.

Pourtant je n'oserais, sans votre bienveillance
Qui peut seule excuser mon extrème impuissance,
Même en voulant remplir un semblable devoir,
D'un juge comme vous affronter le savoir.
Votre muse, à la fois et badine et sévère,
Rit avec Aspasie et chante avec Homère,
De la pauvre Ilion déplore les destins
Et traduit sans effort les grands auteurs latins.
Sur la scène elle peint l'odieuse Agrippine
Et nous trace avec l'art de notre grand Racine
L'énergique portrait de Néron grandissant.
Enfin, vous traitez tout dans votre essor puissant.
Horace, Perse, Ésope, avec le doux Virgile
Et le sublime Homère, immortel comme Achille,
Se mirent dans vos vers et paraissent surpris
Qu'on puisse rendre en Celte aussi bien leurs écrits ;
Mais vous avez surtout ce mérite suprème
De les suivre toujours en demeurant vous-même.

Ainsi nous avons vu les plus sages mortels
Dans les lettres cueillir des lauriers éternels ;
Ainsi, se délassant par des loisirs sublimes,
Votre immortel aïeul écrivait ses *Maximes !*

Bien plus ! pour réveiller en France le talent,
Que des esprits chagrins ont trouvé défaillant,
Et le rendre vainqueur de leur misanthropie,
S'est ouverte une arène, émule d'Olympie, —

Et vous, favorisant cet utile dessein,
Daignez nous présider et siéger dans son sein :
Vous voulez, à la fois et Virgile et Mécènes,
Imiter à Paris Périclès dans Athènes.

Et quand nous voudrions, offrant à vos bontés
Des éloges qui sont mille fois mérités,
Vous témoigner bien haut notre reconnaissance,
Je vous entends déjà nous imposer silence,
Car vous-même avez dit, dans un vers généreux,
Que c'était un bonheur de faire des heureux (1).

J. BAHAUX.

Mai 1860.

(1) M. le Marquis de La Rochefoucauld-Liancourt a dit, dans *le Poème de ma vie*, page 9 :

J'ai perdu le bonheur de faire des heureux,

et, dans *Achille à Troie*, chant XVI, page 257 :

On trouve des plaisirs dans les heureux qu'on fait.

Cette belle pensée se rencontre souvent dans ses œuvres comme dans sa vie.

L'ABEILLE ARDENNAISE

(ALLÉGORIE)

A MONSIEUR LE MARQUIS

DE LA ROCHEFOUCAULD-LIANCOURT

PRÉSIDENT D'HONNEUR

DE LA SOCIÉTÉ DE L'UNION DES POÈTES

Qui a envoyé à l'auteur quatre magnifiques volumes de ses *OEuvres choisies*

Indulgence ! Marquis, pour l'Abeille ardennaise !
Ce n'est que dans les bois qu'elle butine à l'aise,
Lorsque l'astre du jour resplendit dans le ciel.
Elle franchit des monts la cime aride, austère,
Où croissent le genêt, le thym et la bruyère,
Pour aller par les champs recueillir son doux miel.

De sa nature elle est rustique, un peu sauvage ;
Car du monde elle ignore et l'esprit et l'usage.
Timide et solitaire, elle a peur des grandeurs ;
Mais elle aime les bois et la belle nature,
Le chant des gais oiseaux, l'ombrage et la verdure,
Un ciel limpide et pur, de beaux tapis de fleurs.

Redoutant des cités les bruits et l'opulence,
L'Abeille trouve aux champs la paix, l'indépendance,

La douce liberté, l'air embaumé des bois.
Heureuse dans ces lieux, diligente et légère,
Elle rend chaque fleur de ses sucs tributaire,
Pendant que mille oiseaux l'animent de leurs voix.

Habitant les forêts, les coteaux, les montagnes,
Elle aperçoit de là de fertiles campagnes,
Des vallons pleins de fleurs, des champs pleins de moissons,
Des ruisseaux argentés dont l'onde bienfaisante
Arrose en murmurant la prairie odorante,
Le tapis velouté de fleurs et de gazons !

Ardente et prévoyante, elle amasse à toute heure
Les sucs qu'elle transporte à sa chère demeure,
Dont l'art et le besoin ont seuls fait tous les frais.
Fière de son butin, qu'elle augmente sans cesse,
C'est pour elle et ses sœurs, qu'elle aime avec ivresse,
Qu'elle va butiner aux champs, dans les forêts.

Oui, l'Abeille ardennaise aime sa république,
Qui, sous l'ombrage frais de la forêt antique,
Coule des jours heureux au sein de l'amitié.
L'amour et le travail font toutes ses délices ;
Loin d'un monde pervers, décimé par les vices,
Les crimes des méchants excitent sa pitié.

Aux splendides cités, à leurs vagues bruyantes,
Aux mille cris confus de tant de voix tonnantes,
Elle préfère, elle aime un calme solennel,
Les zéphyrs dont le souffle agite le feuillage,
L'ombre mystérieuse et le si doux ramage,
Des chantres dont la voix résonne sous le ciel !...

Sur les coteaux boisés, que le vulgaire ignore,
Que de ses rayons d'or embellit et colore

Le radieux flambeau qui brille dans les cieux ;
C'est dans ces lieux bénis, sous la verte ramée,
Qu'agite en frémissant la brise parfumée,
Que l'Abeille jouit d'un sort paisible, heureux !

Mais quand les aquilons mugissent dans la plaine,
Que l'hiver, dans les bois dépouillés, se déchaîne,
Le froid livre à l'Abeille un redoutable assaut...
Alors, quand sont couverts les monts, les champs, de neige,
Dans sa rustique ruche un abri la protége
Lorsqu'elle extrait son miel dans *La Rochefoucauld!*...

LEFÈVRE-BRÉART,

Chef d'institution, membre correspondant
de l'*Union des Poètes*, membre et lau-
réat de plusieurs Académies, à Launois
(Ardennes).

Avril 1860.

(1) Ce fut le 29 mars 1860, lorsque l'hiver sévissait encore dans les Ardennes, que je reçus les Œuvres choisies de M. le Marquis de La Rochefoucauld-Liancourt, admirable et très-précieux présent qu'il m'est doux de devoir à la bienveillante générosité de *l'honorable descendant de l'auteur des Maximes, un des membres les plus distingués de cette illustre famille où les vertus et les qualités les plus brillantes se transmettent avec le sang*, dit le journal *la Renommée*, en parlant d'*Agrippine*, un des nombreux chefs-d'œuvre d'un grand poëte...

Qu'il veuille bien agréer, ici, mon tribut d'admiration et d'éternelle gratitude.

DE LA ROCHEFOUCAULD-LIANCOURT

PRÉSIDENT D'HONNEUR

DE L'UNION DES POÈTES

En vous mettant au rang de ses plus chers élus,
L'UNION, qui toujours du mérite est en quête,
Voulut, en même temps, dans le savant poète
Honorer vos talents autant que vos vertus.

Mais quels honneurs pour vous ne sont pas superflus !
Et la Société qui vous place à sa tête
En reçoit tout l'éclat d'une belle conquête :
A sa couronne brille un diamant de plus.

Pour l'homme qui fournit une illustre carrière
Il est beau de daigner regarder en arrière,
Et d'aider aux derniers en leur tendant la main.

Ainsi de vos bienfaits n'êtes-vous point avare,
En venant parmi nous comme un lumineux phare
Qui guidera nos pas dans l'épineux chemin.

ARSÈNE THÉVENOT.

Arcis-sur-Aube, 1er mars 1860.

LE CHÊNE ET LE LIERRE

Près du pied d'un vieux chêne, émondé par les ans,
    Un chétif lierre prit racine :
Pauvre tige, il chercha pour ses festons naissants
    L'appui d'une plante voisine.
Aux buissons, aux genêts, épars à son côté,
    Il vint adresser sa prière ;
Mais, soit faiblesse, ou soit mauvaise volonté,
    Tous lui répondirent : Arrière !
Triste, désespéré d'un si brutal dédain,
    Il se résignait sans murmure,
Lorsque, levant la tête, il aperçut soudain
    Le chêne à la vaste ramure.
— « Bon voisin, lui dit-il, serez-vous sans pitié
    » Comme tous ces méchants arbustes?
» Oh ! donnez-moi, de grâce, avec votre amitié,
    » Le soutien de vos bras robustes. »
— « Je suis bien vieux, répond le chêne avec bonté,
    » Pour qu'à mon ombre l'on s'élève.
» Sur moi pourtant en vain tu n'auras pas compté ;
    » Use de mon reste de sève.

» Sur mes rameaux noueux encor bien assez forts,
    » Viens donc étayer ta faiblesse ;
» Viens, mon enfant, et puisse, en aidant tes efforts,
    » Te porter bonheur ma vieillesse ! »
— « Merci ! dit la liane en s'attachant au tronc ;
    » Autour de votre épaisse écorce,
» Enlacés tous entre eux, mes festons verts croîtront ;
    » Leur union fera leur force. »
Et le lierre grandit : bientôt il s'engagea
    Sur la branche la plus prochaine ;
A la fin de l'année, il s'élevait déjà
    Jusqu'à la cime du vieux chêne.

L'arbre, c'est vous, Marquis ; le lierre aux festons verts
    Bien enlacés dès leur jeune âge,
C'est l'*Union* naissante, à qui se sont ouverts
    Vos bras et votre patronage.
Si, grâce à vous, notre astre enfin doit resplendir,
    Ah ! puissiez-vous longtemps encore
Voir prospérer notre œuvre et votre nom grandir
    Avec les nôtres qu'il honore !

CAMILLE DESSIAUX.

Libourne, 4 juillet 1860.

BELLE VIE

A MONSIEUR LE MARQUIS

DE LA ROCHEFOUCAULD-LIANCOURT

PRÉSIDENT D'HONNEUR

DE L'UNION DES POÈTES

A l'ombre d'un blason vénéré dans l'histoire,
Parcourir ici-bas un bienveillant chemin,
Aux appels de ce monde ouvrir un cœur humain,
De bienfaits répandus chargeant notre mémoire;

A l'ombre d'un blason qui, seul, est une gloire,
Creuser le champ de l'art d'une vaillante main,
Préparant chaque jour son œuvre au lendemain
Et taillant, dans chacune, un fleuron méritoire :

Voilà ce que ta vie expose à tous les yeux.
Aussi, sans se lasser, nos regards curieux
Contemplent le parcours de ta noble carrière. —

Qu'il est beau, quand on touche au seuil de l'avenir,
De trouver un bonheur dans chaque souvenir!...
Etends donc, fier de toi, ton coup d'œil en arrière: —

F. FERTIAULT.

Paris, juin 1860.

EXCUSES

A F. FERTIAULT

Au sujet du *Supplément* contenant les Poésies offertes

A MONSIEUR LE MARQUIS

DE LA ROCHEFOUCAULD-LIANCOURT

PRÉSIDENT D'HONNEUR

DE L'UNION DES POÈTES

Le dernier qui paraît au cercle de famille
    Est encore le bien venu.
Il s'assied; et la joie en son regard pétille;
    Il est à l'aise, il est connu.

Il aime, il est aimé. Tout le dit; tout respire
    La franchise et la liberté.
Le mot vole : riant, lorsque l'esprit l'inspire;
    Triste, si le cœur l'a dicté.

Me voici. Prenez-moi. Je viens de loin. La vie
    Est un monde où j'erre souvent.
D'ennuis et de chagrins chaque heure est poursuivie;
    Feuille, je vais où va le vent.

Mille fois, j'ai voulu qu'au moins une pensée
    Trahît aussi mon souvenir :
Et même la pensée, en ma course pressée,
    A trop compté sur l'avenir.

Et les jours ont passé! Tous ont payé leur dette
    Avec des vers, des vers amis.
Et votre voix m'appelle. Hélas! et, pour la fête,
    Rien n'est prêt, et j'avais promis.

Me voici, cependant, à défaut de poëme;
    Mais vous avez chanté pour moi.
Plus tard, bientôt peut-être, à cette place même,
    J'oserai dégager ma foi!

Alors vous saurez bien que, malgré les orages,
    Et mon silence et mon exil,
Mon cœur n'était pas froid, et prendrait pour outrage
    Que l'on eût dit : « Y songeait-il? »

HENRI BELLOT.

Bordeaux. décembre 1860.

TABLE DES POÉSIES

ADRESSÉES A M. LE MARQUIS

DE LA ROCHEFOUCAULD - LIANCOURT